VENTE

des Mardi 7 et Mercredi 8 Juin 1910

HOTEL DROUOT, SALLE N° 11

A DEUX HEURES

EXPOSITION PUBLIQUE

Le Samedi 6 Juin 1910

DE 2 H. A 6 H.

MEUBLES

TABLEAUX, OBJETS D'ART

Faïences et Objets de Vitrine

VIOLON DE J. GUARNERIUS (1720)

TAPISSERIES ANCIENNES

TAPIS

COMMISSAIRE-PRISEUR

Mᵉ Robert BIGNON

41, Rue de la Victoire, Paris

ASSISTÉ POUR LES TAPISSERIES

DE

M. Robert GANDOUIN

EXPERT

40, Avenue Wagram, Paris

CATALOGUE

DES

Meubles Anciens et Modernes

OBJETS D'ART

Faïences et Objets de Vitrine

TABLEAUX - GRAVURES

VIOLON DE JOSEPH GUARNÉRIUS (1720)

TAPISSERIES ANCIENNES

TAPIS

DONT LA VENTE AURA LIEU

HOTEL DROUOT — SALLE N° 11

Les Mardi 7 et Mercredi 8 Juin 1910

A 2 HEURES

COMMISSAIRE-PRISEUR	ASSISTÉ POUR LES TAPISSERIES DE
Me Robert BIGNON	**M. Robert GANDOUIN**
	EXPERT
41, Rue de la Victoire	*40, Avenue Wagram*

EXPOSITION PUBLIQUE

Le Lundi 6 Juin 1910, de 2 heures à 6 heures

CONDITIONS DE LA VENTE

La vente sera faite expressément au comptant.

Les acquéreurs paieront *dix pour cent* en sus des enchères.

L'exposition mettant le public à même de se rendre compte de la nature et de l'état des objets, aucune réclamation ne sera admise une fois l'adjudication prononcée.

DÉSIGNATION

TABLEAUX

BAACON

1 — Scène pendant la Commune.

BAIRD

2 — Coq et poule.

BOILLY (Genre de)

3 — Portrait de femme accoudée.

BOUCHER (Genre de)

4 — Léda et le berger.

BROWER (Attribué à)

5 — Le Buveur.

CHARDIN (Attribué à)

6 — Scène d'intérieur.

CUYP (Attribué à)

7 — Cavalier et personnage dans un paysage.

DARBI

8 — Dessin à la plume.

DE LUNA

9 — Cavaliers.

Deux aquarelles se faisant pendants.

G. C.

10 — Bord de mer avec falaise.

GÉROME

11 — Femme nue couchée.

Dessin.

GOYA (Attribué à)

12 — Portrait d'un général.

HELMICK

13 — Page jouant avec un enfant.

HUBERT-ROBERT

14 — Paysage.

Dessin.

HUBERT-ROBERT (Genre de)

15 — Dans la grange.

LEGRAIN

16 — Amours s'embrassant.

LENAIN (Attribué à)

17 — Portrait de Pascal Mortuus.

LUGGINI

17 *bis* — Eau forte.

MEISSONIER (Genre de)

18 — Les Amateurs.

19 — La Chanson.

20 — La Rixe.

MONTICELLI (Genre de)

21 — Personnages sur une terrasse.

MARTIN

21 *bis* — Paysages.

Deux dessins.

PAPPACINA

22 — Tarentelle.

23 — Paysage.

SIBRANTS (B. 1629)

24 — Scènes galantes.

Deux tableaux se faisant pendants.

VAN OSTADE (Attribué à)

25 — Intérieur de ferme.

WOODWARD

26 — Le Peintre.

27 — Paysan italien.

28 — Jeux au cabaret

ÉCOLE ANCIENNE

29 — Choc de cavaliers.

3o — Personnages et animaux fuyant dans un paysage montagneux.

3ı — Au temple d'Isis.

3ɔ — Combats de cavaliers.
> Deux tableaux se faisant pendants.

33 — Enlèvement d'Europe.

ÉCOLE ITALIENNE

34 — Enfant endormi.

35 — Sainte Ursule.

ÉCOLE MODERNE

36 — Catherine de Médicis chez l'astrologue.

37 — Marine.

ÉCOLE PRIMITIVE

38 — Saints.
> Deux tableaux se faisant pendants.

39 — Portrait de femme. Gravure en noir.

40-41 — Tableaux omis.

———————

FAIENCES, PORCELAINES

OBJETS DE VITRINE, VIOLON

42 — Deux plats bleu sur fond blanc en ancienne faïence de Delft.

43 — Assiette en ancienne faïence de Delft, décor en bleu.

44 — Plat en ancienne faïence de Rouen, décor à la double corne.

45 — Paire de bougeoirs en Moustiers, décor à petits personnages et oiseaux.]

46 — Petit compotier en Moustiers, décor de Bérain.

47 — Quatre assiettes et un compotier en faïence de Strasbourg, décor à fleurs.

48 — Plateau en ancienne faïence italienne, décoré au milieu d'un médaillon avec amour.

49 — Quatre assiettes en ancienne faïence de Nevers, décor à petits personnages.

5o — Petit compotier en ancienne faïence de Sinceny, décor à oiseaux.

5i — Trois assiettes en faïences diverses.

52 — Fontaine et son bassin en porcelaine décorée.

53 — Coupe en porcelaine de Chine, trois vases et un petit pot couvert, une jardinière et un vase à fleurs en verre.

54 — Plat en faïence de Delft.

54 *bis* — Coupe en porcelaine de Chine, monture en bronze.

55 — Deux statuettes de personnages en porcelaine de Saxe.

56 — Six tasses et soucoupes en porcelaine décorée à fond jaune et or et médaillons sur fond noir.

57 — Paire de vases à quatre trous genre Delft.

58 — Bénitier en faïence italienne décorée.

59 — Paire de cache-pots en porcelaine de Chine décorée sur fond jaune.

60 — Paire de potiches fond gris, décor à fleurs et oiseaux.

61 — Six assiettes en porcelaines et faïences diverses.

62 — Deux groupes de personnages en faïence italienne.

63 — Compotier en porcelaine de Chine, décor à personnages.

64 — Paire de vases en porcelaine, de forme allongée, décor à fleurettes. Style Louis XVI.

65 — Plaque persane.

66 — Groupe en ivoire sculpté représentant des animaux, socle en onyx vert.

67 — Hyène en ivoire sculpté.

68 — Deux miniatures, cadres en bronze.

69 — Douze couteaux, manches en ivoire, lames en argent.

70 — Service à découper et à salade, manches en argent.

71 — Service à poisson, manches en argent.

72 — Pelle à asperges, manches en argent.

73 — Poignard, monture argent.

74 — Violon de Joseph Guarnerius (1720).

75-76 — Objets de vitrine omis.

OBJETS D'ART

ET D'AMEUBLEMENT

77 — Paire de girandoles en bronze argenté à quatre lumières électriques. Style Louis XV.

78 — Surtout de table formé par trois dauphins en bronze doré soutenant une coupe en cristal.

79 — Deux vases-cassolettes en bronze doré et guilloché de style Empire.

80 — Paire de candélabres en bronze doré, formés par des femmes soutenant un bouquet à quatre lumières. Style Empire.

81 — Paire de coupes en bronze doré et ciselé sur socle en marbre de Sienne.

82 — Paire de flambeaux époque Empire, en bronze ciselé et doré.

83 — Médaillon « Napoléon » en bronze sur fond de marbre.

84 — Porte-cartes en bronze doré, de style Louis XVI.

85 — Pendule en marbre blanc ornée de bronze doré. Style Louis XVI.

86 — Statuette en biscuit « Colin-Maillard ».

87 — Petite pendule en bronze doré avec statuette de divinité en porcelaine décorée.

88 — Pendule de style Empire en marbre vert surmontée d'un sujet en bronze doré « Diane Chasseresse ».

89 — Pendule à colonnes de style Empire, en cristal taillé et bronze doré.

90 — Paire de vases forme Médicis, en cristal taillé et bronze doré.

91 — Paire de candélabres à deux lumières électriques en porcelaine décorée, formés par des oiseaux et des fleurettes.

92 — Paire de gaines Empire en marbre vert veiné ornées de bronze doré.

93 — Surtout de style Empire formé par trois amours en bronze doré soutenant une coupe en cristal.

94 — Paire de vases de style Empire en cristal taillé, monture et appliques en bronze doré.

95 — Garniture de cheminée en marbre et bronze composée d'une pendule et de deux candélabres formés par trois amours supportant quatre lumières.

96 — Garniture de cheminée en porcelaine et bronze doré, composée d'une pendule et deux candélabres à six lumières, formée par trois vases, décor à médaillons à scènes galantes, amours et guirlandes de fleurs.

97 — Groupe en bronze patiné sur socle en marbre, représentant Gœthe.

98 — Garniture de cheminée de style Empire, en bronze patiné, doré et ciselé, composée d'une pendule surmontée d'un lion et de deux candélabres à quatre lumières.

99 — Paire de vases en bronze du Japon à ani_
maux et personnages en relief, installés à
l'électricité.

100 — Paire de brûle-parfums en bronze du
Japon avec anneaux en relief, couvercles
surmontés de coqs et poules.

101 — Groupe en marbre : Enfants jouant.

102 — Lampe de parquet en fer forgé.

103 — Petit plateau rond en mosaïque.

104 — Pendule en marbre noir, monture en
bronze doré, surmontée d'un cadran indi-
quant les mois et les jours, et d'une mappe-
monde.

105 — Pendule en onyx et bronze doré.

106 — Flambeau d'église en bronze.

107 — Paire d'appliques à deux lumières en fer
forgé.

108 — Deux plats en étain à godrons.

109 — Grande soupière et son plateau en étain.
Deux petits légumiers en étain.

110 — Paire de flambeaux en bronze doré, dessins à palmettes.

111 — Vase à fleurs à long col et six trous.

112 — Paire de petites consoles d'appliques en bois sculpté.

113 — Grande vasque en cuivre repoussé sur trois pieds à griffes de lion.

114 — Buste de sainte en bois sculpté.

115 — Statuette de sainte en bois sculpté.

116 — Panneau en relief en bois sculpté.

117 — Deux lampes nickel.

118 — Lampe de parquet en bronze doré et onyx.

119 — Suspension en bronze poli.

120 — Compteur à gaz.

121 — Suspension en bronze doré installée pour le gaz.

122 — Glace en chêne sculpté de style Henri II.

123 — Lustre en bronze doré à dix-huit lumières, installé pour l'electricité.

124 — Cheval en bronze.

125 — Vase à fleurs Art nouveau.

126 — Service de toilette en verre peint composé de deux flacons et d'une boîte couverte.

127 — Groupe de deux personnages en biscuit.

128 — Deux statuettes en porcelaine décorée.

129 — Vase en cristal décoré.

130 — Service à fumeur composé d'un plateau et cinq vases.

131 — Encrier en marqueterie de Boule et bronze doré.

132 — Cave à liqueurs en marqueterie de Boule.

133 — Glace de style Louis XIV cadre doré.

134 — Deux panneaux japonais en laque, avec incrustations de nacre et d'ivoire.

135 — Garniture de cheminée en marbre, style Empire, composée d'une pendule et deux coupes.

136 — Pendule Empire en bronze doré, à colonnes.

137 — Appareil d'éclairage installé à l'électricité, formé par un ibis et des plantes.

138 — Deux statuettes d'enfants musiciens, en bronze sur socle, en marbre.

139 — Lion en bronze sur socle en marbre.

140 — Groupe en bronze, « Le triomphe de Bacchus », sur socle en marbre.

141 — Deux statuettes «Enfant lisant», en biscuit.

142 — Deux groupes en biscuit, femme et amours.

143 — Statuette en marbre, « Baigneuse ».

144 — Buste en marbre : « La Douleur ».

145 -- Deux statuettes en bronze, signées Dumaige, « Avant le Combat » et « Après le Combat ».

146 — Ecran de foyer en bronze doré, de style Louis XV.

147 — Sèche-cigares en thuya et palissandre.

148 — Deux appliques de style Louis XVI en bronze doré, à deux lumières.

149 — Galerie de foyer en bronze.

150 — Grande glace cadre doré.

151 — Petite glace à main, monture en bronze doré, de style Louis XV.

152 — Deux statuettes en bois sculpté représentant des mendiants.

153 — Cartel Empire en bois sculpté et doré surmonté d'un aigle.

154 —· Encrier en bronze doré de style Louis XV.

155 — Groupe japonais en ivoire.

156 — Paire de vases à longs cols décor à personnages, fleurs et oiseaux.

157 — Six petits sujets, personnages et animaux.

158 — Douze masques japonais en bronze.

159 — Quatre divinités japonaises en bronze
doré.

160 — Petit coffret gothique en bois sculpté à
ferrures.

161 — Pendule d'applique Louis XIV en marqueterie d'écaille et de cuivre, ornée de bronze
doré, sur le devant char de Neptune.

162 — Suspension en bronze doré, installée au
gaz.

163 — Grande suspension de salle à manger en
bronze doré installée au gaz et douze bougies
sur les côtés.

164 — Suspension de salle à manger en bronze installée au gaz.

165 — Petit appareil électrique, pour billard, en bronze doré.

166 — Suspension en bronze doré, de style Louis XVI, installée au gaz.

167 — Appareil électrique de billard, en bronze doré et ciselé.

168 — Lustre en bronze doré, de style Louis XV à six lumières électriques.

169 — Suspension de salle à manger en bronze doré.

170 — Paire de flambeaux en bronze doré de style Louis XIV.

171 — Buste de femme en bronze doré.

172 — Appareil d'éclairage formé par un vase en porcelaine décorée, d'où s'échappe un bouquet en bronze doré à cinq lumières électriques.

173 —. Applique en bronze doré, de style Louis XV à trois lumières électriques.

174 — Paire de lampes électriques en bronze doré et ciselé, formées par des statuettes de femmes.

175 — Lampe électrique formée par une statuette de femme en bronze doré sur socle en marbre.

176 — Lanterne en bronze doré de style Louis XV, installée à l'électricité.

177 — Plafonnier électrique avec cristaux.

178 — Lampe électrique en bronze doré, formée par un enfant.

179 — Deux statuettes en composition formant porte-bouquets.

180 — Paire de flambeaux en bronze doré, de style Louis XV.

181 — Lampe de bureau en bronze doré et ciselé, de style Louis XVI.

182 — Deux mortiers en bronze avec pilons.

183 — Lustre en bronze doré, de style Louis XV
à cinq lumières électriques.

184 — Cartel en bronze doré à rocailles, de
style Louis XV.

185 — Deux petits flambeaux en bronze.

186-187 — Objets d'Arts omis.

MEUBLES

ANCIENS ET MODERNES

188 — Piano crapaud en palissandre de la maison
« Elcké ».

189 — Meuble gothique à deux corps en bois
sculpté s'ouvrant à six portes.

190 — Meuble gothique en bois sculpté à serviettes, s'ouvrant à deux portes.

191 — Grande table gothique en bois sculpté à pieds ajourés.

192 — Casier à musique en bois sculpté **orné** de bronze doré, de style Louis XVI.

193 — Deux étagères d'encoignures.

194 — Meuble crédence gothique en bois sculpté orné de ferrures, s'ouvrant à deux **portes** et deux tiroirs.

195 — Stalle gothique en bois sculpté, à voussures, accotoirs à têtes d'animaux.

196 — Quatre chaises gothiques en bois sculpté à dossier et serviettes sur les côtés.

197 — Grand coffre Renaissance en bois sculpté.

198 — Coffre Renaissance en bois sculpté.

199 — Grand meuble gothique formant coffre dans le bas et crédence dans le haut.

200 — Toilette anglaise dessus en marbre et carreaux.

201 — Lit laqué blanc, de style Louis XVI.

202 — Table laquée blanc de style Louis XVI; dessus en marbre.

203 — Grand bureau américain.

204 — Petite table rognon en acajou entourée de cuivre.

205 — Vitrine à trois portes en bois de rose, ornée de bronze doré et ciselé; dessus en marbre blanc, de style Louis XVI.

206 — Meuble à hauteur d'appui s'ouvrant à une porte, en bois de rose, orné de bronze doré; dessus en marbre. Style Louis XVI.

207 — Guéridon en acajou, dessus en marbre entouré d'une galerie de cuivre; de style Louis XVI.

208 — Table tric-trac en marqueterie de bois; de style Louis XVI.

209 — Console Louis XVI en bois sculpté et doré; dessus en marbre.

210 — Armoire en bois sculpté, s'ouvrant à deux portes à glaces biseautées.

211 — Vitrine en bois de rose ornée de bronzes, dessus en marbre entouré d'une galerie de cuivre. Style Louis XVI.

212 — Deux colonnes torses.

213 — Support en acajou et cuivre; dessus en marbre de style Louis XVI.

214 — Quatre chaises laquées blanc, foncées de canne. Style Louis XVI.

215 — Pannetière couverte, en bois sculpté, reposant sur quatre pieds reliés par un entre-jambe.

216 — Chaise longue en bois courbé et canné.

217 — Secrétaire de style Louis XVI, en bois de rose orné de bronze doré; dessus en marbre.

218 — Piano droit de la maison « Guillot ».

219 — Meuble breton en chêne sculpté.

220 — Petit cabinet japonais en bois de fer
sculpté, incrusté de nacre.

221 — Bahut à crédence s'ouvrant à un tiroir et
deux portes à médaillons sculptés.

222 — Commode de style Louis XV en marqueterie de bois, ornée de bronze doré; dessus
en marbre.

223 — Table de salle à manger et six chaises en
chêne sculpté foncées de canne. Style Art
Nouveau.

224 — Buffet en bois sculpté s'ouvrant à deux
portes et deux tiroirs.

225 — Salon en bois noir sculpté recouvert en
velours frappé, se composant d'un canapé, deux
fauteuils et quatre chaises. Style Louis XIV.

226 — Bergère Louis XVI en bois sculpté et
laqué recouverte d'étoffe.

227 — Grande horloge en chêne sculpté

228 — Deux fauteuils en bois sculpté recouverts en velours rouge. Style Louis XIII.

229 — Canapé circulaire en bois doré et sculpté, recouvert en soierie.

230 — Coffre-fort de la maison « Haffner ».

231 — Table italienne en marqueterie de bois et incrustations.

232 — Chaise longue Louis XV en deux parties, en bois laqué, recouverte en velours.

233 — Table à thé en laque de Chine.

234 — Baignoire et chauffe-bains de la maison « Lepage ».

235 — Ecran en bambou doré avec glace ornée d'une peinture.

236 — Piano à queue de la maison « Pleyel ».

237 — Table à jeu de style Louis XV en marqueterie de Boule.

238 — Fauteuil de style Louis XIII en bois sculpté recouvert d'étoffe.

239 — Presse à copier.

240 — Fauteuil de bureau en bois noir foncé de canne.

241 — Poële Choubersky.

242 — Deux bicyclettes Clément (homme et dame).

243-244 — Meubles divers.

TAPISSERIES — TAPIS

245 à 248 — Suite de six tapisseries verdures.

249 — Grand tapis d'Orient fond rouge à dessins verts.

25o — Tapis d'Orient fond rouge à dessins bleus.

251 — Tapis moquette fond rouge, dessins à fleurs.

252 — Panneau peint en imitation de tapisserie.

253 — Deux paires de rideaux fond jaune.

254 — Grand rideau jaune.

255 — Carpette.

256 à 258 — Objets omis.

PARIS - IMP. C. CHAUFOUR
8 & 10, RUE MILTON

www.ingramcontent.com/pod-product-compliance
Lightning Source LLC
LaVergne TN
LVHW021656170726
843501LV00007B/2596